詩集

別情歌

山波言太郎

序文

「別情歌」発見のショック

この詩集は奇妙な詩集です。書いたのは六十六年も昔、昭和二十一年（1946、終戦の翌年、私は25歳）の三月末から四月の初旬の数日間。書いたのは私ですが、一字一句の修正なしで、誰かの口移しで書かされたものです。詩は文語体の長編詩。でも詩の舞台（詩の内容が示す状況）は江戸時代らしい。つまり文体も、詩の状況も、西欧の新体詩発生（明治十五年）以前のもの。いったい作者は誰なのか？　私は（詩霊甦へりて詩へる）と、プロローグの劈頭の詩「光ある珠」に断り書きを付けている。これが当時の私の実感だった。

内容はある男の悲恋の一生。そこに至る経緯、その後の人生、そして深いその時その時の悲愁を物語る。物語りは短詩型（和歌・俳諧）では出来ないので、文語体長編詩になったのだろう。相手の女性はお春。これを書いてからほぼ10日後の四月十五日に私は現在の妻瑠理子と結婚した。読み終わって（書き終えて）から、これはもしかしたら、妻と私の前世のようなものかしらと思った。特に、これまでその記憶らしいものは断片すらなかったのだが。実感としては否定できなかった。心の秘密というより、人生の不思議、いや詩の不思議ともいえる。だから、私はこの本を秘匿した。妻にも誰にも見せずに、ひそかに手造りで清書してささやかな一巻の詩集とし、以後封印した。

だが、それが露見した。六十六年後（２０１１年12月）、台風15号で屋根をやられたので、自宅を壊し新築することになった。その転宅騒ぎの荷物の古い行李の中から、この詩集が顔を出した。まさに露見。思いも寄らぬ、六十六年ぶりの対面に不思議な懐かしさも憶えながら、今にも壊れそうな手造りの詩集をめくりつつ、私は落雷のショックを受けた。

「自序」（詩集の序文として書いたもの、但し本書では巻末に収録）これは私自身が六十六年前に自分の頭で（自分の思想で）自分の手で書いたもの。だが、何とこれは、私が今書けばこう書く筈のもの。こうしか書けないもの。人に進歩は無いのか。現に、私は昨年『愛のことだま』という、言霊論に関する本を出した。この本の序章「いのちと美、人の進化のためにある揺れる吊り橋」、これは六十六年前の「自序」と寸分変わらぬ立場に立ちつつ、多少現代人向けに書いたもの。本質はことだまによる芸術革命、大袈裟にいえば文明革命論だ。

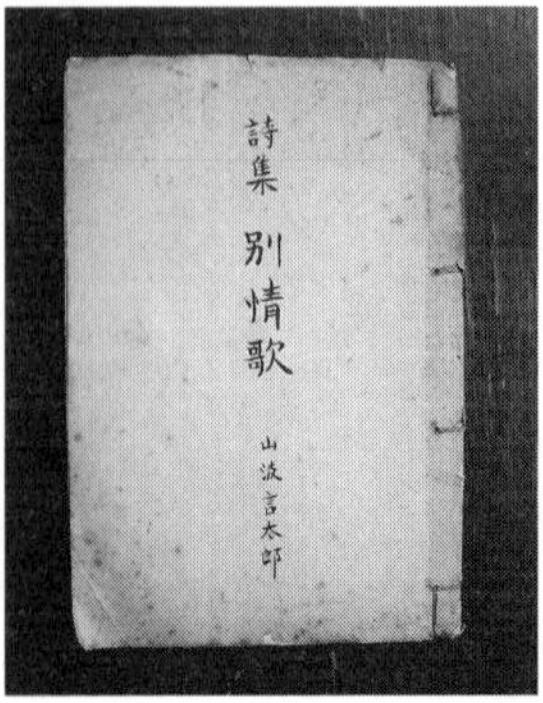

人は六十六年間変わらぬ、本質的なものは。これが私の受けたショック。人の一生は一つの課題を背負って歩く一匹の光の蟻なのか。そして、もし詩神とか詩霊とかいうものがあるとすれば、前生に

もかかわる縁《えにし》なのか、その人の妻の人生ともかかわり合わせている、何かなのだろうか。
「人生不可解」、それだけではすまされない深渕が人間にある。このショック、落雷感が拭い切れないので、このボロけた詩集をアリのままに活字にすることにした。台風さん、九十一歳になってから自宅の建て替え、思わぬ出来事で、この秘匿されていた詩集が世に顔を出すことになりました。まさしく六十六年ぶりの「コンニチワ」ですね。

2012・1・4 記

山波言太郎
（本名・桑原啓善）

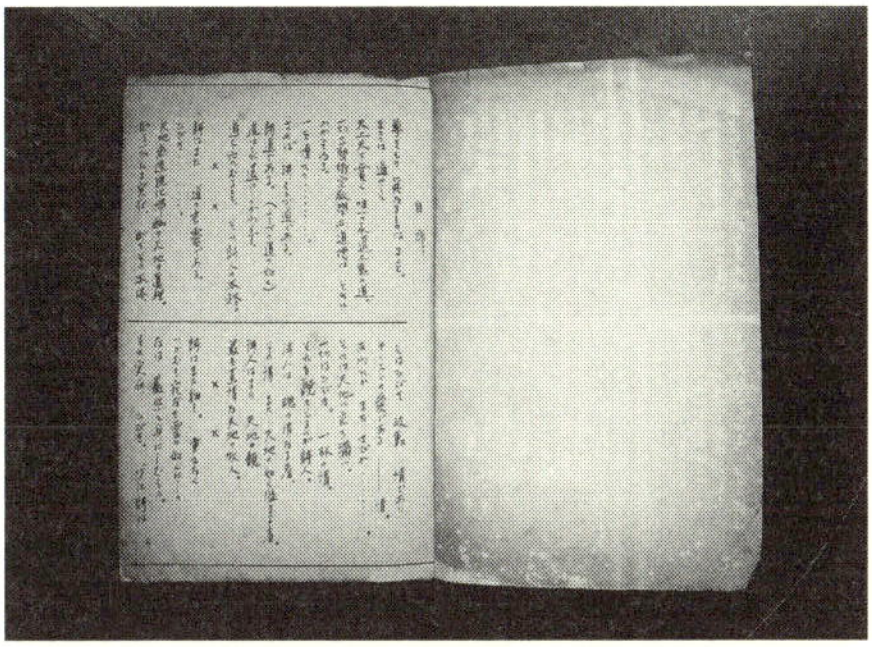

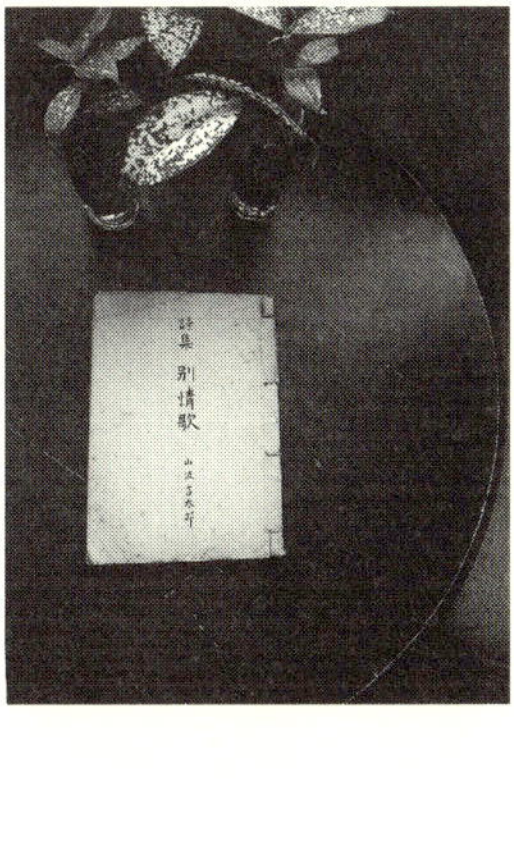

プロローグ

光ある珠

（詩靈甦へりて詩へる）

いま一度此の世のことが………
吾が珠の光のごとく
輝ける　水の中に
浮びたる　力ぞ月の姿かや

あわれ　散りける　櫻花ひとつ
浮びて流る　水澄めり

人の子此處に遊びける
昔の面や　情なる
姿ぞ　いまは無《なみ》にして

偲ぶ心ぞあはれなる
思ひ切なし吾が珠の
光の中に泪して
唄へる歌の聲しづか

今は昔　静かに時をけみしたる
間《ひま》に流るる歌聲を
止《とど》むもおかし　春ながれ

いにしえびとよ　影ながく
流れの岸にさまよへる
思ひに似てか吾が心
影ひく野辺に佇みて

憂ふる心　わが魂よ

光の中に佇める
御光あふぎ佇める
泪にしあるぞ
吾が魂――神の御稜威

昭和二一（１９４６年）――三・二六　記

天のかけ橋

（詩靈来り詩を傳へんとして先づ詩へる）

人のさだめを行き歸る
何を思ひて　さて又と
帰り姿を偲びぞする

是ぞ　さだめの天の川
変《うつ》る心の虹の橋
傳へし人の思ひにぞ
かかりて渡る橋なれば
心ごころと思へかし

あわれ来にける晝まひる

浮世の月のかけ橋を
渡るもおかし春なれや

思ひせちわび　ひた帰る
心もわびぬ　日も暮れぬ
あわれ来にけるかけ橋を
渡る月日のなど変る

天の下に知ろしめす
君が御魂ぞ幸くゆる
泪うかべし人のみぞ
しりてかよへる天のかけ橋

昭和二一（１９４６年）——三・二八　記

別情歌

一、別情春夏秋冬

やよ春めきて流れ来る
景色の色もさりながら
なべて心にかかわれる
春の姿は何よりぞ。

さはあれども来りみる
心の中の夕霞
立つとはみるもなかなかに
変り来れる夕霞
立つとみしまに晴れわたる
心の中の朝つ鳥。

かはかく　時の春中に
山の小鳥の鳴きめぐる
春とし聞かばなまなかの
春とし聞かば何思ふ
心といまは思ひみぞする。

心地よげなる唄聲に
耳はせ寄するうらさびの
野方にありて佇める。

人の思ひと夕靄は
憂きものばかり見るにつけ
憂さのやり場の何とせむ。

あゝあゝ　逝ける日のはるか
とくの間——遠し日は暮れて
かゝはる晝のおぼろ月
今は此處にも　かく候う。

×　×

有明月の夕つ方
思ひに浮ぶしがらみも
夕と晝との中にぞと
思ひしらるることばかり

色づく春の夜のとばり

にひばりあらううつつ寝に
夜は嵐とぞなりにける

×　×

秋暮れゆけば　春の夜の
思ひに似たる心地のみ
今は残りて　名残りなる
うつせみ心の月ぞ見るらめ。

あゝ　秋暮るる夕つ方
ひとり佇む　ひとりして
あゝ　秋暮るる　独りして
夕べの雁のわたりゆく。

心の中の夕しぐれ
心ときめく　かりがねの
数の中にぞしるならむ。

人よ知るらむ　別れにぞ
一人の男の子　旅烏
流れ流れて浮き寝する
浪のしはぶき　聴きもする。

あゝ　足洗ふ砂中に
引きて帰れる蟹の爪
爪になりけり吾が思ひ
今はしとどに泣きにける。

× ×

見よ　いま何處行くならむ
春の小河流るにも
通はぬ千鳥鳴くにつけ
思ふ心の一つなる

あゝ春中の晝にして
心ごころと思へども
晝の日中に立ちつくす
ひともと椿の泪ちるらむ

明るき晝のまひるどき

別れて帰る人ひとり
心の中を思ひては
別るることの辛さより
別れし人の身をのみぞ
思ひて暮すこと多からめ

かくて別るる　西東
雁《かりがね》に似る人の運
右と左に別れては
昨日と今日と別れては
かへらぬ旅の浪のごと
ひたに湧き立つことのなければ
心のうちぞあわれなりけり

日は暮るる
鳥の中にも日の暮れは
哀しきものと知るならめ
さす雁の赫の色
結ぶ縁のさねかづら
鳥は鳥なれ　人は人

心と心の中のみ思ひみて
思ひにはるる心地すれ

×　×

あゝ　奈良とほく離り来て
思ひにひたる心にぞ

夏は暮れつつものをこそ思へ

× ×

春夏秋の暮れぬれば
春の前にぞ冬は立ち
たつ冬さむく　木枯して
朝餉の汁の寒きより
思ひ焦るる春なれば

など返らなむ　春霞
外山の中の春霞
立つ日もあらね　日は来るも
わびしかりける日をぞ繰りぬる

明くればさみし　春障子
竈の湯気の立つ見れば
春や来ると　心地する
人の情の　泪こぼるる

明くればさむし　春障子
春の晝中の濡れ衣
衣かたしく　袖だにも
保つもがなと思はれはする

×　　×

さて来れるは春霞

四方の山々かこみつつ
語る言葉ぞ何なるか
別れし人の言葉のみ
語るを聞けば美しき
山の姿の思ほゆるかな

朝な朝なの春霞
別れし人の眉に似て
濃きも　淡きも
なべて　紫

あゝ　日は暮るる野の果に
別れし人は　いま何處
心の雲を　月かげの

さすとて何か偲ばるる

来ても暮れても皆同じ
人の心の　眞中にぞ
曇りて晴れぬ心雲
そは美しき別れの恋

女の袖をしぼるらむ
男の子の袖もしぼるらむ
別れし恋の日の中は
わづかに憂ひてありつれど
日を経るまゝにいやまさり
夜は夜とてなにとかも寝る

別れは哀し　目も遙か
うつつつし世の眞ま中に
別れし晝の日は照るも
別れし夜のことは哀しき

昭和二一（1946年）——三・二九　記

二、旅路

忍ぶ心ぞ哀れなる
浮寝の旅の夜の嵐
見ても返らぬ初時雨
立つとみる間に　はや消ゆる
心の中の夕とばり

聞きしにまさる加古川の
中津辺りの旅の道
さても帰るもなかなかに
聞きつつ辿る旅の道

あわれなるかや旅人の
心のうちぞ偲ばるる
あゝあゝ　暮れて独りなる
旅行く者の心かな

× ×

さて　来れるは初便り
故郷の母のひとりして
忍びがてなる夢路より
ひそと認めし有難し御消息

男の子の旅の行先を
案じがてにも認めしか

心の中のあわれなる
親の泪の　有難や

また　来れるは初便り
故郷の友より便りして
見ばやと思ひ　認めたる
心の友のあわれ草

はて　何をかも書きつらむ
見てむと思へど　心泣き
開く便りの　紙の震へぞ
さて　何をかも書きつらむ

便りの中の　押花の

開くとみしよりこぼれ出で
拾ふ心も後にして
しばし眺めて　泪こぼしき

かくて定めの人の運《みち》
吾れの辿れる山川を
泪ながらにいさめつつ
かくと悟りて何をかも云はむ

あゝあゝ　人の運《さだめ》かや
辿る泪の消息に
息もかかりて泪となりぬる
あゝあゝ　人の運《さだめ》かや

かく語りつつ　讀む文の
中に一つの　花嵐
友の頼りの妹の君
ひとり残して逝きにける

あゝ　吾れ嘗て彼の君と
泣きて語りし夢もありしか
今は唯　語る心の讀心草
夢もはるかの空にとびぬる

かくては吾れもはるばると
旅に出でにし現身の
いついかなる旅の空
むなしき身ともなるもはからず

されど　心にかかれるは
秋の御空の雲よりも
なほ遙かにぞかかりたる
逝きにし友の姿かな

祈りつ　しづかに膝を折り
空しく冷えし魂に
熱き泪を　捧げつつ
逝きにし者はげに尊かりける

×　×

あはれを催す心だに

人に知らるる男の子身の
情の種の語り草
いざ一度は浮べなむ

見よ此處に出でし男の子一人
旅の姿もきりきりと
身も心をも無きの空
浮世の空に身を投げて
一人出でにしあはれこの旅

×　×

さて　来れるは安藝の國
廣島とかやいへる國

いたく城下の賑はひて
人あまたにぞ行きわたる

吾れ此處に立ち独りして
昔の人の心ばえ
芭蕉にならひ一句のみ
僅かに心なぐさめつ
〝見よわたる雁の姿は旅路かな〟

はるかに渡る雁に
浮世の旅をまかせつつ
幾夜かさねし浪枕
浮世の旅のはかなきはるけさ

見ても帰るも夢の中
浮世の習ひ身にぞしむ
身はうたかたの旅にして
心はしとど傷むかな

帰るあてなき旅烏
つばめの羽の飛べるより
なほ速かりし　心かな
今はそぞろに思ひ待ちわぶ

見よ　行く人の姿にぞ
浮世の塵のかかるより
憂しとみし世ぞ
なほ余りある

あはれ催すことだにも
佛のごとく静かなる
林の中に　独り居て
身はしづかにぞ香となりたし

心にかかるうき空の
心の果に来てみれば
何もことなし春の海見ゆ

×　×

さて　来れるは初もみじ
嵐の山の秋の暮

ひとりかも寝る憂さよりも
なほ余りある心かな

うつつに夢む　初櫻
嵐の山の秋深く
独りかも寝る三井寺の
奥の辺りに鹿ぞ鳴くなる

さて　来りける叡山の
嵐の夜の宿りかな
ひとりある身は心細く
何かと杖を握りしむ

見よや　何處に行くらむか

一人の男　旅姿
白き衣をうちまとひ
遙けき國へ行くごとし

もし旅人よ　何處行く
人にしあれば　かく夜中
一人いそぎて　行くなるぞ

吾れは急がぬ旅なれど
かく夜中に急ぐ故は
高き處に居ますなる
神の定めし運《めい》なれば

かの人かくは語れども

先は語らず行きしまゝなり
吾れいぶかしみ後追ひて
行きつつ思ふこと一つ

さては彼の人妖魅にて
秋の嵐の夜の中を
一人急ぐは訳ありて
天と云へるは偽りならむ

かくて吾れは怖れなし
何處に行かむも宛なくて
ただにわびつつ
其處に坐しけり

×　×

あゝ　かくて夜は明けぬ
嵐の後の名残りして
朝はいたけく靜かなり
身をばしづかに臥しにけり

あゝ朝明けや　黎明の
光の袖のしづくして
吾が衣手に露と咲きぬる

あはれを知らぬ旅人は
さてもかかる　美し世は
夢にも思ひみぬことながら

吾れはひとりに思ひ沈みぬ

うかと悟るはよからぬも
悟るは人の運《さだめ》にて
先行ゆく者の足跡を
静かに思ふはよきことぞ

吾れも今はやわらにぞ
昔の跡の　絶えだえを
思ひてもみる身となれり

處は変り　日は暮れて
浮きつつ沈む朝の日を
拝む心地もよけれども

なほ静かなる思ひ樂しむ
見ては帰らぬ旅の道
一人の道にありつれば
今は昔の跡櫻
探るも樂し身をぞほぎぬる

身をば心に浮べては
たつ宛もなき旅なれど
などか心に痛みける
独り男の旅のわびしさ

あわれに思ふことなきか
故郷に残せる母君の

心にかかることあれど
などか心に　唯許し給へ

〝旅に病で夢は枯野をかけ廻る〟
芭蕉の歌ひし句をのみぞ
心にかけて居眠れば
こちたきものぞ　夢の中なる

あわれをもよほすことなきも
あわれの中のあわれさは
こちたきものと思ひみるかも

過ぎにし日をの別れより
心にかゝる浮き雲の

帷のごとき浮き沈み
などか心の忍ばれもする

心の中の浮き雲よ
立つとみしよりなほ早く
うつつの夢の幻か
幻よりも　なほ淡くとびける

あゝ　秋深く野に充ちて
旅路に在りて思へるは
人の運命《さだめ》の　こちたさよ
人の運命《さだめ》の　こちたさよ

神よ　天に居ますなら

など　吾が身をも守らざる
人のひとりの男の子として
生れ出でけるこの吾が身をも

泣きつつ仰ぐ夕空よ
いたく日も経ちにけり
別れし晝の月よりも
なほ身にしみる夕月よ

明けて通ひし道なれば
明けて通ふも道なれば
ひとり残せることどもを
愁ふもわびし一人道
こちたきものと吾が身思ほゆ

昭和二一（1946年）――三・三〇　記

三、別れ

秋立つことの　愁はしく
なぜか心の　泣きはする
流れながれて行く秋の
心の中の夕もみじ
果は木の葉と土に散るらむ

あゝ　日は暮れて野の果に
疲れあぐみて腰下す
旅人姿の　吾れや誰

端午の節句の初祭

赤兒になりたし　母人の
胸の乳房の恋ほしくなりける

有明空を眺めては
心に思ふことはなく
うたた心に　思ひ泣くのみ

×　×

さてさて　秋の暮れゆきて
面影さびし　菊の影
拂へど落ちぬ　其の影を
心に抱きて泣くもわびしき

吾れの辿りし山坂を
いままた語ることはりは
などて心に身にしみる
ことの如くもあるのみか
などか心の水脈に落ちぬる

かくて語らむ我が咎ぞ
衣　手に吹くその端を
とらへて語ることのわびしき

余りといへば情なし
心にかかる浮き雲を
とらへむすべも今はなく
茲にかくては困じ果てぬる

×　×

暁さむき冬の頃
吾れと妹とは手をとりて
秋立つことの物語り
かたみにかわし辿りぬ小道

さて来れるが淀川と
いへる小さき小河にて
夕ばりあらう中津辺に
霧とまがへる靄の立ちぬる

吾れら二人は手をとりて

行くも帰るも宛のなく
うたゝわびつつ眺むれば
心はうたた歌ぞくれつつ

さてとはいへどせんなしや
心の隅《くま》の夕月夜
いたく心にしみわたる
妹の歌へる歌のかなしき

暁の闇の窓にぞまたたける
　　星の光に吾れはなりたし

あゝ　汝も云ふかその如く
吾れも今はぞかくは歌ひぬ

閨の窓閉づるがばかり夕星《づつ》を
　眺めてありたし今日の日までも

初夏とほし晝しぐれ
二人の仲を裂くごとく
今年の暮の夕しぐれ
二人の仲を裂くごとく

あわれに思ひ手をとれば
夕空ばかり寒くして
心にかかる夕星《づつ》の
思ひも遠し　俄か消えぬる

朝の光の恋ほしさに
手をば放たず　待ちわびつ
心の中ぞあはれなりけり

手をは手　足をは足と竝べつつ
二人いねむもせんなしや
心の中の夕霧よ
吾れらが窓の戸を叩くこと勿れ

×　×

暁の光さしにけり
一人にてもかくまでは
わびしきものとは思はぬも

などて心に別れは悲しき

妹よ　行くか
吾れ　また行かむ
共に手をとり何處までも

さあらぬ態にかく云へば
妹は心を息にして
今は別るるきわなれど
などか心にかかりつる
別れは悲し　今は別れ得ぬ

かく云ひけるも心中
かくときめにしことのあはれさ

など君も　いま云ひ給ふも
せんなしぞ
などて彼の日に　父様に
さてはそのよに云ひ給はなんだ
吾れが心もさにあれば
君が心の思はれて
吾れも泪に今はかくの如しよ

云ひけるひまに　吾れもまた
泪しとどに浴びつつも
せんなし
いざ　別れせん
かく云ひしのみ　ひたに別れける

×　×

あゝ秋逝くか野の面《つら》を
心に曇る夕月を
仰ぐもおかし　吾が心
とぼとぼ辿りぬ秋の小道を

妹と別れて　唯ひとり
秋の小道は更にまた
わびしきものぞ日は暮るる
窓の灯りのなどか恋ほしき

あゝ　日の暮るる頃よりは

ひとり灯せる　かきつばた
道にこぼるる花かげを
こそとも踏みし別れ道

妹と別れし其の後は
秋の小道を唯ひとり
行くも帰るも　などかまた
心のわびし日もぞ暮れぬる

あゝ　暮れゆける日を仰ぎ
心の深き傷みより
ほと出せる　ためいきの
なぜか胸につかへつつ
吾れが喉をも得もふたぐごと

心にかかる夕靄よ
魂ぬけし男の子身は
一人にしなりたり今日ここに
汝の給ひし妹ははや無くて

妹は一人に帰りしか
空しき情の父様の
家へ帰りてこの後は
独りか………はた他の男へか
嫁ぎゆくらむ
おゝ　吾が身むざんなり

× ×

日は暮れて野山の涯に色づける
帷の色を眺めつつ
ひたに芭蕉の恋しくて
今一度の命なり
親の御魂に逢はむずる
心もなどか打ち捨てて
旅の姿にはやなりつらむ

身は一度　心は千度
君よ君
心を鬼にし給ふも
吾れが心と汝が心
結びてあれば　など変る

浮世の中も常がもな
別れて後も　いや遠も
共に二人にてありて暮さむ

×　×

雨降れるあしたの如き心地して
朝たつことの憂はしく
行くと帰ると別れ道
辻にぞ立ちて　しばし案じぬ

山坂よ
なれ越え行けば　親の道
なれを過ぎねば　吾れは帰らず

母上よ　などか我が身を
案じそ給ひね

許せ　許せよ　母上よ
永劫かわらぬ吾が恋の
などか一人に恋しつつ
山坂道を越え行きて
ひたに心は恋しつつ
母の姿の遠ざかりけり

×　×

うつつなり　はた夢なるも
さてはまた夢の中の夢なるも

吾れは解せじ　此の後も
浮世の旅の　夕しぐれ

この時までは思はずも
芭蕉の跡の偲ばれて
ひとり恋ひつつ旅僧となりぬる

あわれあわれ　身には衣をまとはずも
心は　黒き麻衣
手には三尺竹の杖
心のまゝの夕月よ
吾れもおんみになどかなりたし

×　×

うつつ寝の旅のしがらみ
踏み分けて
帰るも行くも　心のまま
しばし立ちぬる　川の端

立つ秋風よ　やや寒く
膚にとほるきびしさに
はてはと　伺がう
冬の顔

おゝ　日は細り吾が面《おもて》
今はしとどに細りけり

見よや　何處に行くらむか
旅人どものうちまじり
川のはたてを急ぎつつ
暖かき灯を恋ひ求めつつ

心にかかる夕靄よ
心にかかる夕月よ
などか心を騒がする
今日の日にてありけるよ

夕星《づつ》よ
汝が姿を仰ぎ見ば
妹の姿を偲ぶなり
夕星よ　あゝ夕星よ

夕星よ
吾れも行きたし
汝が傍へに

祈るごとくに　ひた仰ぐ
男となりぬ　独り身の
男となりぬ　吾が姿

ややよや　母上見たまふか
一人となりける吾が身をぞ
ややよや　母上見たまふか
一人となりける己が身を

×　×

心に語る友なくて
一人とぼとぼ旅の空
うつつつし世の眞ま中に
懸れる日をも仰ぎ見ず

うつつつし世の世の習ひ
げにぞ　わびしき世の習ひ
別れ別れ　のその言葉
吾れの心の夕靄よ

うつつつし世の眞ま中に
別れ別れ　の言葉のみ
懸りてあると思はれて

心はいとど痛み入るかな

あゝ旅　ひとりの旅よ
わびしかりける秋の夜も
かくては　これに得まさらざらめ
一人の秋の旅さへも

心に惑ふことのみぞ
右と左に別れ行く
浮世の習ひ身にしみて
秋風さむくたつも凍はし

×　×

しがらみの夜は明けにけり
いざ一人また旅行かなむ
また旅を　行くもあはれぞ
また旅を　行くもあはれぞ

しがらみの夜の帷
いまは靜かに明けゆきて
故里の方は靜かに紅に染まりぬ

故里よ
故里さむく衣うつ
母の姿よ　母の姿よ
とびて行かまし

芭蕉の香りを身にまとひ
墨染の衣うちまとひ
一人の旅と出でにける
吾が身にあれば　いまはただ
静かに伏して　おろがみにける

故里よ　母人よ
今は　いざ
しづかに心もち上げて
しづかに衣うち拂ひ
故里よ　母人よ
いざいざ　さらばでござる

故里とほく離れては

心の帷も日を経れば
しとどは傷むこと勿れ
妹との別れに痛み入りし
心の帷よ　来る勿れ

昭和二一（1946年）――三・三一　記

四、結詩

天地の初まる時の花嵐
来ると見しまに　なほ乾きぬる
天地よ　あゝ天地よ　天地よ
汝が袖ふりし　あの時の
心と心の別れから
ひとり寝ぬるも名残にて
しばし泪にしとどくれぬる

天地よ　精あるならば来りみよ
吾がたつ袖の端にだに
眞ことの心　知らずもな

心の中の夕霧の
晴れて乾ける間もなかりける

日は経ちて　心の中は変らねど
心の外の景色ども
いとどに変り　うつつなる
心の中の　夕霧よ
いとどし変り　吾が袖の
古びしごとく亦うつろひにけり

吾が袖の乾ける雫いづこゆく
　　心の妻の歩みかな

心妻　独り寝ねたる

寂しらに
独りかも寝る寂しらに
ひとり流しぬ　かなしき泪

あゝ変る　天地の中の夕雨よ
独りの男の子の泪なり

あゝ天地よ　情なき
心となれる　この男の子
独り寝ねつつうらわびる
別れし人のまなこだに
返せるものなら返せかし
光るまなこの　その内に

心の奥の夕雨の
しとどに濡れてなほも懸れる

あゝ　雨来る春の宵
心の妻の物語り
語り終へける　いざ
いざ　さらば　吾が友どちよ

昭和二一（1946年）――三・三一　記

再別の情歌

再別の情歌

見よ　春は逝く暮つ方
匂へる雫　いくばくぞ
下れる彼方　天雲の
光の帷　押し分けて
まかり出でにし
吾れをこそ思へ

さて　今日傳へんは
吉野の山の春の暮
匂ひの雫下りたる
天の彼方のことならぬ

寂しき土のことにて候

さて　ここに初まるは
浮世の中の夕もみじ
たつとみしまにまた暮るる
有明空の　夕しぐれ
たつとみしまに　また消ゆる
有明空の　夕つしぐれか

おゝ　日の逝くか　その如く
己が心の　またも逝きぬる

さて見よや　何處ゆく
などて心も返らざる

行衛はてなき旅衣
いま九重に匂ひぬる
己が心をあはれめよ

× ×

やよや　春の末つ方
心通へる二人連れ
足音も無う通ひ行く
吉野の山の花の下
花の下道通ひ行く
心慣れたる樂しき二人
さても此處に通ひ行く

己が心と　汝が心
心ごころと思へとか
櫻の花の散り敷きて
今日は九重　明日は八重にと
心の花の敷くごとく
心の花の下道を
通ふもかなし吾れら二人づれ

おゝ　日は逝くか　野の果に
黒き帷のほの見えて
歎けるひまの貝のごと
寂しき口をうち開き
もの云はむともがな
その哀しみ

おゝ　日は逝くか　野の果に
見よや　何処に行くならむ
二人の寂しき影法師
匂へる雫　いくばくぞ
下れる天《てん》の彼方より
下れる天《あめ》の彼方より
匂ひ降れる雫たち
かなしき二人の魂よ

匂ひ初めける　今日三日
明日は四日ぞ　のうお春
おんみの姿眺むるも
今日を限りぞ

さて明日は何をもて問はむ
お春お春　のうお春
心ききてもせんなしや
吾がいとしき姫君
お春
おゝ　吾いとしの幻

心ごころと匂ひつる
櫻の花の下道を
淋しく通ふ二人連れ
心の中のことのみは
云はづもがな　さはれども
心のかぎり　さみしかる
心のかぎり　わびしかる

かかることども　今はいかんせむ
おゝ　日は逝くか　野の果に
紫の雲　うちなびき
今はいまとて泪こぼしき

衣の袖をしぼりけむ
衣の端を引き裂きて
嚙みつつ辿る　山つ道
爪先上りの　わび道を
後と先とに竝びつつ
辿る　わびしさ

×　×

お春　来れ此處へ
いざ　手を取らむ
いざ　いざ…………
あはれとよ
あはれとよ　お春
おんみ　今は幻

×　×

かくて辿りぬ山道を
行くもせんなし小半丁
来るは　わびしの木堂に候う

其處に吾れは住めり
わびしき僧の住ひなりけり
かれ奇しくも此處に来て
しばしの間　憩ひつる

事の起こりを云はまくば
かの悲しの別れより
ひとりひとりとなりつるも
日を経るまゝにいやまさる
恋のあはれは如何せん

ついたまりかね　かのお春
身をも父をも打ち捨てて
つと出でにける　旅の空

尋ねたづねてこの吾れを
いま此處にぞ来りたる

あゝ　夢ならぬかの時の
己が歡び驚き憂ひ
いくばくなりしぞ

おゝ　お春
其處に掛け給へ
さ　しばし　とくと
その優しの面　うちかたむけて
この吾れに眺めさせ給へ

さてもさても苦労したまへり

汝が面の　いとうち変り
痩せ衰へ給へるよ
おゝ　かなし
かなし　かなし

かく語れどもせんなしや
吉野の山の山嵐
音のみぞして戸を叩き
わづかに残る爐の灰を
うすく辺りに散らしたる

心の中のことどもは
語るもせんなし　今はただ
しばし黙りて顔をのみ

泪の中の鏡より
いともわびつつ寫さむのみ

言葉のみはかけつるも
更につづくる気色なく
唯しばしのみ打ち目もり
はては　泪にくれて泣くのみ

おゝ　お春　お聴き
吾等が悲しの別れより
今はしづかに三年へにけり
かの別れをぞ　汝いかに
今は思ひてありつらむ

せんなき運命《さだめ》にもてあそばれ
吾等ついに別れける
かの　悲しの　哀しの
かの夢ならぬ　悲しの
哀しの日　思ひ浮ぶるや

おゝ　なんじ
心の中の影どもは
今はせんなく語れよかし

吾れかく云はばとてなに隠さむ
今はいま　かく憎とはなりつれど
心は同じ　かの秋の
暮の寒き風に似たるかな

否とよ　心は同じこその春
おんみと二人　母智丘山《もちお》
櫻狩りに行きにける
かの日の深き契りより
些か露だに変りなき

お丶　お春
今ひとたび　いまひとたび
叶はじか
かの日の夢――
今ひとたび　いまひとたび
ここに返すもがな

泪ながらにかく云へば
女　きつと眸《まなこ》あげ
否とよ　おんみ
吾れおんみと夫婦となるため
来しに非ず

おんみ　吾れ悲しさの余り
かくは来つれ
されど　夫婦とには…………
さなり
吾れら　父許し給はねば
とても今生
夫婦の契り結ばんよしなし

おゝ　悲しの言葉かな
吾れがかく言ふいのちから
かなしき限りの呼ぶ聲を
おんみは何と心得る

吾れの呼ぶはいのちなり
いのちなりせば　なかなかに
父なんどと変へらるまじ
さなり　生命なり
神の給ひし尊き
おん生命なり

かく言へばとて　せんなしか
堅き心の女ゆえ

身をもて通はす心なく
今はただにぞ泣きて否める

おゝ　日の暮るるはたてより
心の風の　忍び入り
今はいまとて何ぞかなしき

おゝ　日の逝ける彼方より
心の影は　忍び入り
今はいまとて泪こぼれぬ

×　×

みんなみはるか離り来し

浮世の旅の旅烏
哀しき舞を舞ひおさめ
今はしばしは立ちかぬる

心の中の夕空よ
なべての思ひよりかなしかる
心の中の夕空よ
今は立つ力なき女なり
今日ひと日はと請ひにける

吾れはやさしく許さんか
はたは　固くも断たなんか
されどせんなし　今は許さじ

おゝ　行けよ　汝
吾が妻ならぬ者
汝　他家《よそ》の男と共に一つ家に
寝ぬること叶はじ
行けよ　とく
さ　春

かく言へばとてせんなしや
春は泪の目を上げて
とくと吾れをうち眺め
さて言ひける言葉ひとつ

さなるか　吾れ知らなんだ
かく云ひしのみ

かく云ひしのみ
わびしく去りぬる

×　×

あゝ　いまはいま
此處にありける優しの影
今は　夕闇ばかり濃くして
影のなき家のわびしさよ

おゝ　お春　待ちやれ
おんみ　泊めん　吾が家
されど　吾れおんみと寢じ
他に行かん

旅の夜いたくこちたければ
さ　来りませ　とて呼び返す
返すもせんなし
はや　かの女行きにけり

×　×

かくて　別れし日より三年
思ひ焦れしよき女《ひと》との
対面　わづか小半時
またたく間にぞ去ににける
あはれとよ　人の心

頑な心のかなしさに
遂に別れぬ　永生

さなり　永生
頑な心のあはれさに
身と身とを　今生かぎりの
別れとなしける

×　×

あゝ　思ひ出すか彼の日をぞ
心の中で泣き暮せる
かの日　彼の日の
哀しき夢かな

返すことは叶はぬも
叶はぬ乍ら　なほさてと
過ぎにし夢を呼びにける
哀しき吾れが心うつ
今はわびつつ　泣くもせんなし

×　×

過ぎにし春のことどもは
哀しき夢と消え果てて
いまは靜かに此處に在る
靈の國の朝夕は
かなしきばかり靜かなる

讀経の聲もかくあるや
されど　なほ光ある
美しき國　靜けさ
其處　靈の國

吾れはそこに罷り越し
しばしは春を尋ねつれど
尋ねむ宛なし
今はかく　わびつつ候う

おゝ春よ　何處に行きつらむ
尋ねむも　せむなくて
独りさまよひぬ靈の國

昭和二一（1946年）――四・四　記

折りふしの歌

（短詩七篇）

京の幽愁

知るもしらぬも逢坂の
関といひぬる古人《ふるびと》の
言葉はいやに古りたれど
なほ変らじの心かな

思ひ出すか　いや遠の
京の河原に吹く風を
身をもて心かよわする
女のほかは何もなし

月さわたれる京の橋

行きつつ暮るる　雁《かりがね》の
難波の方に傾きつつ
行ける小舟の姿かも似る

あはれ　あはれけふ三日
難波の里に日は暮れて
帰るもあてなき
身にしありける

昭和二一（1946年）――三・二八　記

春姿の恋情

春霞たちにける
野山の辺り遠くして
身は小鳥にぞなりにける

やよ　春姿来るかな
遠し　遠し　日の舞よ
うたた思へる去にし日の夢

今日　此處に来て仰ぎける
ひるのさかりの京の舞
などか　心に懸りつつ

いつも夢には入らず候う
ややや　春姿来りませ
己が心の　夕しづみ
止め得べくんば　春姿
来りて坐しませ　吾がかたへ

己が心の夕しぐれ
立つとみしまに　遠ざかる
己が心の夕しぐれ

昭和二一（1946年）――四・一　記

櫻に思ふ

心の中に咲きかほる
花の嵐の夕まぐれ
はらと散りける　櫻花
今　一ひらも　忘られぬ
こぞの夢にと遠ざかりけり

あゝ　うたかたや　人の世は
夢にとびちる　櫻花
聞きても返らぬ夢ながら
今はせんなし　しばし聞かれよ

今やいま　春の盛りの彼岸花
咲く野面など　うち眺め
一人出でにし旅なれや
あゝ　何處ゆく幻か
心の中の　つと通りし夕しぐれ

心か　あわれ幻か
うき見するもせんなしや
うつつ夢む　心　櫻　花
あわれ　散りぬ

心の中の心こそ　幻の中の幻こそ
古りても　散らぬ櫻なれ

あゝ　日は逝きぬ遥かにぞ
今は昔を返すもがな
御手遠く離り来し
神の御心の中の廣き庭
独りさまよひぬ
此處　靈の國

昭和二一（１９４６年）――四・一　記

春立ちぬ

此處に来れる　ひとりなる
男の子や　旅の姿なる
待つ編笠に夕しぐれ
うつとみし間に遠ざかる

あはれを催すことやはある
心ごころと思ひても
なほ帰らじの心かな
あゝあゝ　遠く離り来し
心の中の夕虹よ

見よや　何處に行くらむか
心ごころと思へとや
発《た》つ　袖ふれる形見にと
妹の呉れたるこの小袖
など返らざる昨日《きそ》の夢

離り来れる夢なれど
などて返らぬ　夢や夢
心の中の夕虹を
返すもがもな　春立ちぬ

春立ちゆけば　何とかや
心の底のものどもの
などか哀れを催ほして

いまはしづかに死なむとぞ思ふ
死ぬはまたよけれども
死なぬも更によからまし

あゝあゝ　去ぬる日のいつか
来らむ時の待たるれど
春立つままに　また旅を
行くも返るもあとぞ白浪

昭和二一（1946年）――四・一　記

歸旅

たらちねの母おもひみぬ
心の中のあはれさは
たつ鳥のごと速かに
流るる風の速さより
帰り来れる男の子身に
柔ら押えて返さざりけり

あゝ　日の暮るる夕風に
心の襟を押えられ
うたた偲びぬ　遠き旅路を

見よ　人の子　母死にけり
来れるときは　はや遅し
亡き身をそのみ拝《おろが》みて
静かに立ちぬ心の夕しぐれ

たらちねの母の姿ぞ夕しぐれ
　立つと見し間につい無かりける

昭和二一（１９４６年）――四・一　記

いのちの妻死す

いまは今とて偲び出ず
かの去にし日の春の顔
うたた身にしむ秋の風
こぞの別れぞ　げに夢ならね

浮き世　うき世　げに憂き世
憂き世の中の夕しぐれ
たちつつ仰ぐ朝夕の
ことの外に　変り候う

かくはかく　歎きつつ

去りにし妻の面影を
寫すもせんなし水鏡
憂き世の中の晝しぐれ

おゝおゝ　逝きにし吾が妻よ
己が身に思ひ比べて
いまはただ　死ぬも死なぬも
いのちにて候う

昭和二一（1946年）――四・六　記

照り曇り

憂き世にさせる月光に
照すもがもな　はや逝ける
妻はるの姿ぞうたたなる

心にかかる薄曇り
逝きにし妻の面影を
さすより早く照り変る
月の光もおぼろにて候う

などかはまたはや変る
己が身の上案じつつ

月の光を歩めばとて
心に懸るは　ただ
妻の姿にて候う

お丶お　人の身の上と
忘れぬ恋の心かよ
憂き世に在りて是のみぞ
心を照す　光また影ならめや

昭和二一（1946年）――四・六　記

自序

尊きもの　眞なるものは　まこと。
まことは　道にして
天上天下貫く　唯一の永遠不動の道。
一切の藝術宗教學問道德は　それに
かかってゐる。
一を憧れて………。
されば　詩も亦道である。
詩道である。（よろづの道の如く）
道は永遠にしてかわらず。
道を究むること、それ詩人の本務。

×　×

詩はまた　道の言靈である。
ひびき……。
天地創造進化帰幽の天地の眞理。
即ち一切たる実在、即ちその本体。
そはひびき　波動　情であり
キリストの愛である――情。
あわれか　また　さびか……。
それは天地に充ち満つ。
一切はひびき。一杯の情。
それを聴きとるのが詩人。
詩人は　魂の情なる者、
その情　また　天地の如く溢るる者。
詩人はまた　天地の鏡
最も直情な天地の牧人。

× ×

詩はまた細し。重さなく
つかむも宛なき雲の如くにして
なほ　厳然と身にしむもの。
それ実在。ひびき。げに詩は
実在の言葉に於ける如実な象徴。
実在と言葉の間、詩人の
微妙な感に依ってのみ、即ち一條の細い
光道に依ってのみ、僅か天地を通ずる神人
交遊の場。
げに詩人は　地を天に繋ぐべき至高の天啓の通路。

×　×

また言葉は靈なり。実在の音なり。
單なる記号に非ず。後世の言葉いと乱れたり。古語を
いまいちど振り
返ってみねばならぬ。また古人の直感

的な天地の直情に通ぜよ。
眞実在の美を悟れ。
言葉は　靈の顯れ。
聲はひびき。
ひびきは天地万象の波動。
すなはち眞実在なり。

× ×

詩の改革、新しい詩、眞の高い詩の建設
とは、何か。
曰く、詩を道にまで引き入れること、
すなはち
詩人に天地のひびきを聽かしめ
詩に天地のひびきを有たせること。

昭和二一（1946年）——四・二　記

詩集　別情歌

目次と制作年月日

著者略歴　山波言太郎《やまなみげんたろう》（本名・桑原啓善《くわはらひろよし》）

１９２１年生まれ、詩人、心霊研究家、リラ自然音楽セラピーを創始、慶應義塾大学経済学部卒。１９４３年学徒出陣で海軍に入り、特攻基地で戦争を体験。

学生時代（１９４２年）に近代心霊研究に触れ、その迷信を叩こうとして逆にその正しさを知り、研究者となり〈ネオ・スピリチュアリズム〉を唱導。１９４３年前田鉄之助の「詩洋」同人（１９７７年鉄之助の他界まで）、以後「日本未来派」を経て個人詩誌「脱皮」を発行、日本詩人クラブ会員（１９５０年創立の年より）。戦後の日本再建は青年の教育と考え、東京で高校教師生活。35年の回答は絶望。教育行政が人間の努力をことごとく蹂躙。１９８２年、世界の恒久平和を悲願して一人で活動を開始、その結果が１９８５年「生命の樹」設立となり、１９９２年リラヴォイス開発、１９９５年自然音楽開発となり、現在の「リラ研究グループ自然音楽研究所」と「義経と静の会」となる。２０１２年「山波言太郎総合文化財団」設立。代表理事。

著書『デクノボー革命』上下巻『音楽進化論』『ワンネスブック・シリーズ』６巻、『宮沢賢治の霊の世界』『日本の言霊が地球を救う』他、訳書『シルバー・バーチ霊言集』『霊の書』上下巻他、著訳書多数。

詩集『水晶宮』『同年の兵士達へ』など13冊。

詩集 別情歌

二〇一二年 六月 二九日 初版 発行

著 者 山波 言太郎

装幀者 桑原香菜子

発行者 熊谷えり子

発行所 でくのぼう出版
神奈川県鎌倉市由比ガ浜 四―四―一一
TEL 〇四六七―二五―七七〇七
ホームページ http://www.dekunobou.co.jp/

発売元 株式会社 星雲社
東京都文京区大塚 三―二一―一〇
TEL 〇三―三九四七―一〇二一

印刷所 株式会社シナノ パブリッシング プレス

ISBN978-4-434-16852-9